JN060528

ゆるびーくん ゆうえんちにいく

斉藤 洋 さく
武田美穂 え

にちようびのあさです。
だれかがもりからでてきて、
はしをわたりました。
リュックをしょっています。
だれだろう……、って？
もちろんゆるびーくんです。
だけど、リュックからでている
あかいはさみはなんだろう……。

ゆるびーくんは、はしをわたると、たちどまりました。なにかをまっているみたいです。

あ、きた！

さくらこちゃんのおとうさんのくるまがやってきて、ゆるびーくんのまえでとまりました。

ゆるびーくんがくるまにのりこむと、すぐにはっしゃ。

さくらこちゃんのおとうさんのくるまは、ななにんのり。さくらこちゃんだけでなく、さくらこちゃんのクラスメートで、さくらこちゃんのだいファン、がんちゃん、ぐんちゃん、ごんちゃんものっています。

うんてんしているのは、さくらこちゃんの
おとうさん。さくらこちゃんのおとうさんは
ふくめんをしています。

ここでクイズ。
さくらこちゃんのおとうさんは、なぜ
ふくめんをしているのでしょうか？
つぎのみっつから、こたえてください。

①さくらこちゃんのおとうさんは、
はずかしがりやさんだから。

②さくらこちゃんのおとうさんは、
ぎんこうごうとうだから。

③さくらこちゃんのおとうさんは、
ふくめんプロレスラーだから。

こたえはつぎのページです。

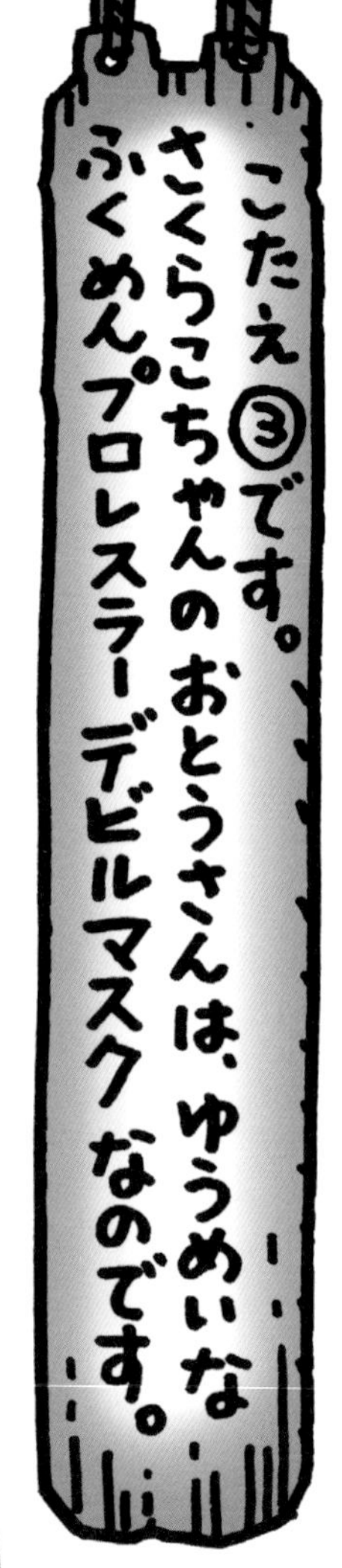

あれ、いつのまにか、あいてい
るせきにだれかがのっているぞ。
あ！　ザリーだ。ゆるびーくん
のともだちの、ざりがにのザリー
です。さっき、ゆるびーくんの
リュックからでていたはさみは、
ザリーのはさみだったんだな。

ここでまた クイズ。
ゆるびーくんたちは、どこに
いくのでしょう？
つぎの みっつのなかから
えらんでください。
①ゆうえんち
②かんでんち
③フルーツポンチ
わからないひとは、このほんの
ひょうしを みてください。
そうすれば わかります。

きょうは、さくらこちゃんのたんじょうび。それで、さくらこちゃんのおとうさんがさくらこちゃんと、さくらこちゃんのファンさんにんと、いつも、さくらこちゃんがおせわになっている、ゆるびーくんを、ゆうえんちにつれていくことにしたのです。

なんていっているうちに、くるまはゆうえんちのちゅうしゃじょうにはいって、とまりました。

さくらこちゃん、がんちゃん、ぐんちゃん、ごんちゃんのじゅんに、くるまからとびでてきました。ゆるびーくんもおりてきます。

ザリーはまた、リュックにはいったみたい。リュックから、
かおとはさみがでています。

みんなはゆうえんちに、はいりました。
なににのるか、それをきめるのはさくらこちゃんです。だって、
きょうはさくらこちゃんのたんじょうびだからね。
まず、メリーゴーラウンドかなあ……、なんておもったら、おお
まちがい。

「さいしょは、あれよ！」

といって、さくらこちゃんがゆびさしたのはジェットコースター。

がんちゃん、ぐんちゃん、ごんちゃんは、どうじに、

「えっ？」

とつぶやきました。

ゆうえんちにいけば、ジェットコースターにのることは、はじめからわかっています。

けれども、そのゆうえんちの
ジェットコースターは、はち
じゅうメートルらっか、
さんかいループ、さいこう
じそくひゃくよんじゅっ
キロ。それだけきいた
らよくわからないけど、
すごいジェットコースター
なのです。のっているのは
よんぷんかん。

「さ、いこう！」
なんていって、さくらこちゃんはゆる
びーくんのてをとって、かけだしました。
とがんちゃんがいうと、
ぐんちゃんは、
といい、さいごにごんちゃんが
いいました。

さくらこちゃんとゆるびーくん、それからさくらこちゃんのおとうさんは、じゅんばんまちのぎょうれつにならびました。がんちゃん、ぐんちゃん、ごんちゃんのさんにんもならびました。

「きゃーっ！　のるまえから、わたし、もうドッキ、ドキ。」

なんていって、さくらこちゃんはめをキラキラさせています。

ゆるびーくんはジェットコースターのいちばんたかいところをみています。
がんちゃん、ぐんちゃん、ごんちゃんのさんにんは、おしゃべりをやめて、あおいかお。

あれ、おかしいな。いちれつにならんでいたぎょうれつが、いつのまにか、さくらこちゃんのおとうさんのところで、さゆうにわかれて、にれつになっています。

どうしてかな。こたえはつぎのページです。

あ、でも、すぐにページをめくらないで、じぶんでちょっとかんがえてね。

こたえ。

さくらこちゃんのおとうさんは、ゆうめいなプロレスラー、デビルマスクです。ゆうえんちにはいってからも、ずっとふくめんをつけていたので、だれかが、

「あっ！　デビルマスクだ！　サイン、もらおう！」

といって、さくらこちゃんのおとうさんのちかくにかけより、サインをねだったのです。そうしたら、あとからあとから、デビルマスクのサインをほしがるファンがならんで、ぎょうれつができてしまったからです。

ジェットコースターのじゅんばんが、さくらこちゃんたちのばん

になっても、デビルマスクのサインをほしがるひとたちが、
まだならんでいます。
「わるいな、みんな。ここでまっていてくれ。このデビル
マスク、リングで、はんそくはしても、うそはつかない！
かならず、もどってくる！」
さくらこちゃんのおとうさんがそういうと、
ならんでいるファンたちは、いっせいに、
こぶしをふりあげ、
「おーっ！」
とさけびました。

さくらこちゃんのおとうさんは、ジェットコースターのいちばんまえに、さくらこちゃんとならんでのりこみました。そのうしろに、ゆるびーくんとがんちゃん、そのうしろに、ぐんちゃんとごんちゃんがならんですわります。

プワーン！

しゅっぱつのあいずがなりひびき、ジェットコースターがうごきだします。

なにしろ、はちじゅうメートルらっか、さんかいループ、さいこうじそくひゃくよんじゅっキロです。

つまり、いちばんたかいところまで、ゴトゴトあがったあと、ワーッとはちじゅうメートルおりて、というか、おちて、さんかいグルグルまわって、あたまがしたになったり、うえになったりで、さいこうじそくがひゃくよんじゅっキロだからなあ。こうそくどうろのさいこうせいげんそくどより、よんじゅっキロもはやいんだからね。みぎにいったり、ひだりにいったり、ななめにおちたりで、そういうのがよんぷんつづくとどうなりますか?

ジェットコースターをおりてきて、ふらふらになっていないおきゃくは、ゆるびーくんと、さくらこちゃんと、さくらこちゃんのおとうさんだけ。のるとき、ゆるびーくんはリュックをかかりのひとにあずけ、ザリーはリュックにもぐりこんでいたから、ジェットコースターにはのっていません。

ここでようやく、メリーゴーラウンド。

がんちゃん、ぐんちゃん、ごんちゃんは、まだふらふらしているので、うまのぼうにしがみついています。さくらこちゃんは、おひめさまだいすきだから、というより、じぶんがおひめさまみたいな

ものだから、うまではなくて、ばしゃにのります。ゆるびーくんはとなりにのりました。

あれ？　さくらこちゃんのおとうさんは？

ジェットコースターのりばからぞろぞろついてきたファンたちに、まだサインをしています。

メリーゴーラウンドのあとは、ゴーカート。それから、コーヒーカップにのりました。さくらこちゃんはおとうさんと。がんちゃん、ぐんちゃん、ごんちゃんはさんにんで。ゆるびーくんは、リュックからでてきたザリーとふたりでのりました。

そのあといくつか、そんなにこわくないのりものにのってから、ごぜんちゅうのさいごは、おばけやしき。

おや、いつぬいだのか、さくらこちゃんのおとうさんがデビルマスクのふくめんをかぶっていません。かぶっていると、ずっとサインをしていなければならず、むすめのたんじょうびかいをしにきたのか、じぶんのサインかいをしにきたのか、わからなくなってしまうからです。

さくらこちゃんをせんとうに、さくらこちゃんのおとうさん、ゆるびーくん、がんちゃん、ぐんちゃん、ごんちゃんのじゅんにならんで、おばけやしきにはいっていきます。

おばけやしき
めちゃくちゃ
こわいです
ちゅうい!

このゆうえんちのおばけやしきは、のりものじゃなくて、あるきです。カートにのって、めをつぶっていればだいじょうぶなんていう、そんなんじゃないんです。おばけたちは、きかいじかけじゃなくて、にんげんがおばけになっています。それで、おきゃくをおどかすとなったら、なさけようしゃなく、めちゃくちゃこわいのでゆうめいです。

だいがくせいのカップルがはいると、たいてい、おんなのだいがくせいは、まっさおになって、くちもきけなくなってでてきます。おとこのだいがくせいは、なきながらでてくるから、やっぱりくちがきけません。

そんなところに、はいってだいじょうぶかなあ。

あれ？　さくらこちゃんがわらってでてきたぞ。いつのまにか、さくらこちゃんのおとうさんがまたふくめんをつけてます。でも、でてきて、すぐにはずしています。ゆるびーくんも、ほかのさんにんも、べつにこわがっているようすはありません。

なんでかなあ……。

こたえはつぎのページです。

こたえ。

おばけやしきのなかにはいると、さくらこちゃんはおとうさんにふくめんをかぶってもらい、おとうさんにおんぶしてもらって、おおごえで、

「わたしのパパはふくめんレスラー、デビルマスクよーっ！　リングのうえだって、はんそくしほうだい。あいてのレスラーをギタギタにして、いつだって、びょういんおくりよ。おばけがあいてだったら、なにするか、わからないからねーっ！　けがをして、あしたから、おばけができなくなりたくなかったら、でてこないことね！」

といい、でぐちまでずっと、くりかえして、そういっていたからです。

これじゃあ、おばけやしきにはいったいみがないよねえ。

おばけやしきのあとは、レストランでおひるごはん。そのあとは、まずかんらんしゃ。


さくらこちゃんのおとうさんは、どういうわけか、

「ここは、こどもたちだけでいってきたらどうだ。」

なんていいました。

けれども、さくらこちゃんに、

「パパがいなきゃ、つまんない。」

なんて、あまえごえでいわれ、

「じゃ、ここは、さくらことふたりだけでのるから、きみたちよにんは、つぎのゴンドラにのりなさい。」

とかいって、さくらこちゃんとふたりで、さきにゴンドラにのりこみました。

ゆるびーくんたちよにんは、つぎのゴンドラです。

ぐるっとまわって、ゆるびーくんたちがゴンドラからおりてくると、さきにおりたさくらこちゃんのおとうさんは、どういうわけかふくめんをしていて、あしがふらふらふらしています。それで、

「ちょっとやすもう……。」

といって、ちかくのベンチにすわりこんでしまいました。

「パパ。ふくめんをしていると、またファンのひとたちがきちゃうよ。」

さくらこちゃんにそういわれ、さくらこちゃんのおとうさんはふくめんをはずしました。

みれば、かおはまっさお。
さくらこちゃんのおとうさんは、かんらんしゃがにがてなのかな。
ジェットコースターはだいじょうぶでも、かんらんしゃはだめと
いうおとなって、けっこういるようです。じわじわあがっていって、
すごくたかいところまでいって、なかなかおりて
こられないのがいやなのかなあ。

やがて、さくらこちゃんのおとうさんはげんきをとりもどし、

「さあ、もういちどコーヒーカップだ！」

といって、たちあがりました。

「さっきのは、ほんのウォーミングアップだ。こんどはほんきをだすぞ。さくらこ、どうする？」

さくらこちゃんのおとうさんはそういいましたが、さくらこちゃんは、

「こんどは、みんなとのるから、パパはひとりでのって。」

といいました。

けれども、コーヒーカップはよにんまでしかのれません。

がんちゃん、ぐんちゃん、ごんちゃんのさんにんがさくらこちゃんとのりたがったので、ゆるびーくんがさくらこちゃんのおとうさんとのりました。

カップにのると、さくらこちゃんのおとうさんはふくめんをかぶり、

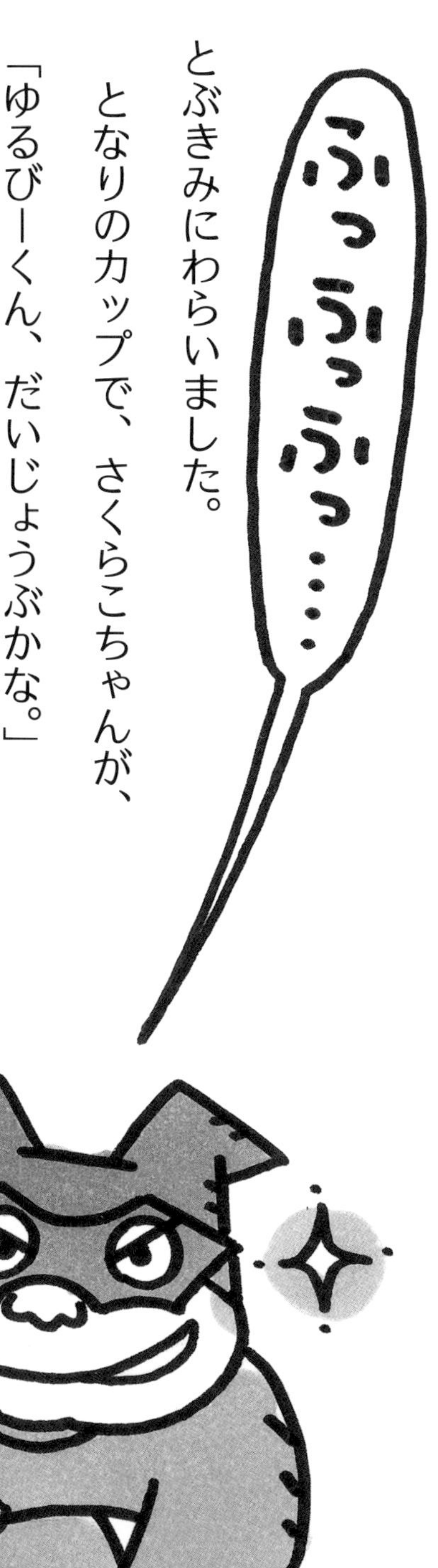

とぶきみにわらいました。

となりのカップで、さくらこちゃんが、

「ゆるびーくん、だいじょうぶかな。」

なんていって、しんぱいそうなかおをしています。

コーヒーカップがうごきだしました。するとさくらこちゃんのおとうさんは、カップのまんなかのまるいテーブルのへりをつかみ、ちからまかせに、テーブルをぐるぐるまわしはじめたのです。テーブルをまわせば、カップもまわる！　それがコーヒーカップのおもしろいところでもあり、おそろしいところでもあるのです。

グルグル、グルグル……。

コーヒーカップがかいてんします。

グルグルグルグルグルグルグルグルグル……。

どんどんはやくなります。

グルグルグルグルーッ！　グルグルグルーッ！

ますますはやくなります。

だけど、ゆるびーくんはどこかにつかまるどころか、じぶんのみみなんかなでて、へいきなかお。

「なかなかやるな、ゆるびーくん。これならどうだ！」

さくらこちゃんのおとうさんはそういうと、ますますカップをはやくまわしました。

グルグルグルグルグルグルルルルルルーッ！

やがて、ベルがなり、かいてんがおそくなって、コーヒーカップがとまりました。

ゆるびーくんがかるいあしどりで、カップからおりてきました。

さくらこちゃんがゆるびーくんにかけよります。

「ゆるびーくん、だいじょうぶだった？　パパ、コーヒーカップがだいすきで、ほんきでのると、めちゃくちゃするの。」

みれば、さくらこちゃんのおとうさんは、よろめきながら、カップからでてくるところです。

「うーっ。まだまだ……。チャンピオンベルトはわたさないぞ。」

なんて、うわごとのようにいっています。

さくらこちゃんのおとうさん
が、ベンチでやすんでいるあい
だ、ゆるびーくんたちごにんは、
かがみのめいろにはいったり、
かいてんブランコにのったり、
ゆうえんちいっしゅうのきしゃ
にのったりして、ベンチにも
どってきました。

さくらこちゃんのおとうさんは、げんきをとりもどし、ソフトクリームをたべていました。

さくらこちゃんのおとうさんにかってもらい、みんなもソフトクリームをたべたところで、さくらこちゃんのおとうさんがいいまし

た。

「あとはまあ、きょうりゅうドームくらいかな。」

きょうりゅうドームというのは、きかいじかけでうごくきょうりゅうがいるドームです。

きょうりゅうドームはにんきがあって、ぎょうれつができています。だけど、さくらこちゃんのおとうさんはふくめんをとっているので、ぎょうれつはいちれつだけ。

ドームにはいっても、ぎょうれつはつづきます。

ずっとリュックにはいっていたザリーが、リュックからでてきて、ゆるびーくんのあたまにのっています。

にくしょくきょうりゅう、ティラノサウルスがジャングルからあらわれ、くちをおおきくあけて、せまってくる……。そこがにんきのポイントです。

でも、あとすこしでそこにつくというとき、ドームのでんきが、チカチカとてんめつし、ヒューンとへんなおとがして、あたりがうすぐらくなりました。それだけではありません。ティラノサウルスがぴたりととまってしまったのです。

まわりのおきゃくさんたちが、さわぎだします。

「なんだ、なんだ。こしょうか？」

「ずいぶんならんで、はいれたら、こわれたなんて！」

「はやくなおせ
よーっ！」

さくらこちゃんも、
「うごかないきょうりゅうなんて、つまらない。なおらないの、これ？」
なんていっています。
そんなふうにいったって、そういうこしょうはかんたんにはなおりません。
おきゃくさんたちは、ブーブーいって、ブーイングのあらし！
ゆるびーくんはあたまから、そっとザリーをゆかにおろしました。
ザリーがゴソゴソ、くさむらにはいっていきます。

ごびょうまって、ゆるびーくんはくさむらをゆびさし、さけびました。

ゆるびーっ!!

ティラノサウルのうしろのきのえだが、ガサリとゆれました。

おとがしたほうをみあげたおきゃくさんのくちから、おどろきのこえが!

「わっ！　あかいきょうりゅうが！」

「ちがう。きょうりゅうじゃない。かいじゅうだ！」

「ざりがにかいじゅう、ザリゴンだ！」

いいえ、ちがいます。ザリゴンではなく、おおきくなったザリーです。

ザリーはおおきなはさみをふりまわしました。

おきゃくさんはもうおおよろこび。

あちこちで、はくしゅがおこります。

ひととおりおきゃくさんがたのしんだあと、ザリーはティラノサウルスのうしろに、すがたをけしました。

きょうりゅうドームをでて、さくらこちゃんのおとうさんが、

「ショップによって、かいものをしたら、かえろうか。」

というと、さくらこちゃんは、

「いやよ。そのまえに、もういっかい、ジェットコースターにのる！」

といいました。

さくらこちゃんのおとうさんも、じつは、もういちどジェットコースターにのりたかったのです。でも、おとながじぶんからいいだすわけにもいかないので、だまっていたのです。コーヒーカップのときはじぶんからいいだしたのに！

それはともかく、こういうのを、わたりにふねといいます。かわ

でむこうぎしにいこうとしたら、ちょうどふねがきたみたいに、のぞんでいたことが、のぞんだとおりになることです。

「よし、のろう！」

といって、さくらこちゃんのおとうさんはジェットコースターのほうにあるきだしました。

うんのいいことに、さくらこちゃんはまたいちばんまえにのりました。こんどは、ゆるびーくんがとなりです。そのうしろは、がんちゃんとぐんちゃん。そのまたうしろが、ごんちゃんとさくらこちゃんのおとうさんです。ザリーはまた、にもつおきばのリュックのなかみたい。

ジェットコースターがうごきだしたとき、さくらこちゃんがつぶやきました。
「だけど、このジェットコースター、あんまりスリルないよね。ループもさんかいしかだし、もっとはやければいいのになあ。のってるじかんだって、みじかいよね。」
ゆるびーくんは、さくらこちゃんのよこがおをちらりとみてから、まっすぐまえをむきました。そして、ジェットコー

スターがいちばんたかいところまでのぼったとき、まえをゆびさし、いいはなちました。

さかをくだりだしたジェットコースターが、スピードをあげていきます。やがて、ものすごいスピードになりますが、だけど、そんなのも、せいぜいじゅうびょうくらいのはず……なのに、なかなかしたまでいって、うわむきになりません。

ずっと、ずっときゅうこうかのまま。スピードもあがって、もうめをあけていられません。めをあけているのは、ゆるぴーくんだけ。

ようやくうわむきになったかとおもうと、つぎはさんかいてん……のはず。

いっかい、にかい、さんかい、よんかい……。えっ？　よんかい？

ごかい、ろっかい、ななかい、はちかい……。

じゅうろっかい、じゅうななかい、じゅうはちかい……。

さくらこちゃんはそこまでかぞえましたが、あとはもうわからなくなりました。

ループがおわっても、きゅうカーブでみぎ、ひだり、みぎ、ひだりと、なんどもユーターン！ それからまたぐんぐんうえにあがり、たかいところで、いっしゅんとまりました。

いっかいめにのったときはみえなかったのに、とおくにうみがみえます。したをみると……。

えーっ！　ジェットコースターよりたかいはずのかんらんしゃが、ずっとしたにみえます。しかも、まるでおもちゃのように、ちいさくみえます。

すごくたかいところで、とまりそうになって、ここで、さくらこちゃんのおとうさんはきぜつ。となりのごんちゃんは、ずっとまえにきぜつ。

ここ、どこ?……なんておもっているうちに、ジェットコースターはくだりはじめ、ぐんぐんスピードをあげ、がんちゃんとぐんちゃんもきをうしないました。

ほかのおきゃくさんたちはどうかって?

さあねえ。たったひとつわかるのは、ちゃんとまえをみているのが、ゆるびーくんとさくらこちゃんだけってこと。

ゆるびーくんはふつうのかおだけど、さくらこちゃんは、かおを

ひきつらせ、めになみだをうかべています。

ジェットコースターをおりて、どうやってショップでかいものをして、どうやってくるまにもどってきたのか、さくらこちゃんのおとうさんも、がんちゃんも、ぐんちゃんも、ごんちゃんもおぼえていません。

まちにかえってきて、おみやげをかかえ、それぞれうちのまえで、がんちゃん、ぐんちゃん、ごんちゃんが、さくらこちゃんのおとうさんにおれいをいって、くるまからおりていきました。

ゆるびーくんは、

「きょうは、どうもありがとう。」

といって、ザリーといっしょに、はしのたもとでおりました。

ザリーはティラノサウルスのフィギアをかってもらったみたい。

ゆるびーくんがもらったおみやげは、なんなのかな。リュックにはいっているので、みえません。

はしをわたって、もりにはいると、ゆるびーくんはザリーのせなかで、ひとりごとをいいました。

「たのしかったなあ。でも、ゆうえんちののりもののもいいけど、のるなら、やっぱりザリーがいちばんだ。」

そろそろ、ひがくれます。

作者　**斉藤洋**（さいとう・ひろし）

1952年東京に生まれる。1986年『ルドルフとイッパイアッテナ』で講談社児童文学新人賞を受賞。1988年『ルドルフともだちひとりだち』で野間児童文芸新人賞を受賞。1991年「路傍の石」幼少年文学賞を受賞。2013年『ルドルフとスノーホワイト』で野間児童文芸賞を受賞。主な作品に、『どうぶつえんのいっしゅうかん』（以上はすべて講談社）、「ナツカのおばけ事件簿」シリーズ（あかね書房）、「白狐魔記」シリーズ（偕成社）、『はたらきもののナマケモノ』（理論社）、「くのいち小桜忍法帖」シリーズ（あすなろ書房）、「アーサー王の世界」シリーズ（静山社）などがある。

画家　**武田美穂**（たけだ・みほ）

東京生まれ。絵本に『となりのせきのますだくん』（絵本にっぽん賞、講談社出版文化賞・絵本賞受賞）に始まる「ますだくん」シリーズ、『ふしぎのおうちはドキドキなのだ』（絵本にっぽん賞）、『すみっこのおばけ』（日本絵本賞読者賞、けんぶち絵本の里大賞グランプリ）『ありんこぐんだんわはははははは』（以上はすべてポプラ社）、『かっぱぬま』（あすなろ書房）、『わすれもの大王』（WAVE出版）『ハンバーグハンバーグ』『きょうふのしりとり』（ほるぷ出版）などがある。

ゆるびーくんゆうえんちにいく

作……………斉藤 洋
絵……………武田美穂

2020年2月10日　第1刷発行

発行者………中村宏平
発行所………株式会社ほるぷ出版
〒101-0051 東京都千代田区神田神保町3-2-6
電話03-6261-6691/ファックス03-6261-6692
http://www.holp-pub.co.jp

編集…………小宮山民人
組版…………アジュール
印刷…………株式会社光陽メディア
製本…………株式会社ブックアート
NDC913/64P/A5判/ ISBN978-4-593-10090-3

ゆるびーくん えんそくにいく

きょうは、えんそくです。
クラスのみんなは、バスにのって
みずうみのほとりにむかいます。
ゆるびーくんもいっしょです。
だから、びっくりすることが
いっぱいおこるでしょう。

ゆるびーくんのうんどうかい

うんどうかいがはじまりました。
ところが、あめがふってきて、
クラスのみんなは、がっかりです。
でも、だいじょうぶ！
ゆるびーくんがいるから
きっと、なにかがおこるでしょう。